Bumsgeschichten 7

Impressum

© 2024 Summer Winter

Druck und Distribution im Auftrag der Autorin:

tredition GmbH, Heinz-Beusen-Stieg 5, 22926 Ahrensburg, Deutschland

tredition GmbH, Abteilung "Impressumservice", Heinz-Beusen-Stieg 5, 22926 Ahrensburg, Deutschland.

Vorwort

Sehr verehrte Leser und Leserinnen,

vielen Dank für den Erwerb meines Buches.

Mein Name Summer Winter. Mit diesem Buch möchte ich Sie an meiner Lust und Sexualität teilhaben lassen.

Dieses Buch ist das erste einer ganzen Reihe. Jedes Buch enthält eine erotische Geschichte. Diese entsprechen zum Teil meinem Leben, meinen realen Erlebnissen. Der Rest ist Kopfkino. Meine Geschichten sind daher eine Mischung aus Wünschen, Sehnsüchten, realen Abenteuern und Masturabtionsfantasien.

Und nun zu mir: Ich wurde im Jahre 1982 in der ehemaligen Sowjetunion geboren. Genauer gesagt in Rybinsk, Sternzeichen Schütze. Wir wanderten 1996 nach Deutschland aus.

Ich bin 162 cm groß und von molliger, aber ästhetischer Figur. Ich habe ein pralles, 95 E-Körbchen. Von Natur aus sind meine Haare blond und meine Augen grün bis bläulich. Meine Haare trage ich seit vielen Jahren kurz und in verschiedenen Farben.

Mittlerweile bin ich schwer tätowiert. Zum Ärger meines Vaters habe ich mir auch die Handrücken tätowieren lassen. So, nun haben Sie auch eine optische Vorstellung von mir in den Geschichten. Aber fühlen Sie sich frei sich auch etwas anderes vorzustellen.

Ich hoffe, ich kann Ihnen mit meinen Fantasien und Erlebnissen eine kleine Freude bereiten und/oder Sie zu erotischen Taten inspirieren ;)

Selbstverständlich würde ich mich über eine positive Bewertung und Weiterempfehlungen sehr freuen. Um das Lesen angenehmer zu gestalten schreibe ich aus meiner eigenen Sicht.

Ihre Summer

Der Rächer und der Stecher

Donnerstag, 09. April 2015. Ein Tag zum vergessen. Wenn man denn könnte. Es war ein furchtbarer Tag für mich. Mein damaliger Freund fand heraus dass ich ihn betrogen hatte. Eher durch Zufall und nicht weil er etwas bemerkt hätte. Frank war ein schlauer Mann, doch besonders aufmerksam war er nie.

Eigentlich war ich glücklich mit ihm. Er sah gut aus, hatte einen Job bei dem er gut verdiente und er hatte auch etwas im Kopf. Doch was er nicht hatte war die nötige Sonderausstattung die ich benötigte. Frank hatte zwar keinen Mikropenis, aber mit gerade mal 15 cm war es schwer für ihn mich zu befriedigen. Ich genoss die Zweisamkeit mit ihm. Doch der Sex mit ihm war weniger aufregend. Er konnte mir nicht geben was ich wollte, oder brauchte.

Im März lernte ich einen anderen Mann kennen. Sein Name war Yves. Yves kam von der Elfenbeinküste. Er kam ursprünglich als Flüchtling und lebte schon ein paar Jahre in Deutschland. Er arbeitete in einem Burgerladen unweit meiner Arbeitsstätte.

Yves war ein Traum von einem Mann. Er sah gut aus mit seinen strahlend weißen Zähnen. Seine Haut war dunkelbraun. Er war groß und hatte eine stämmige Figur. Den Kopf hatte er stets blank rasiert.

Yves und ich warfen uns einige vielsagende Blicke zu. Ich konnte die Lust in seinen Augen sehen und er sah wohl die Neugier in meinen Augen. Und als sich die Gelegenheit dazu ergab, schrieb er mir seine Handynummer auf eine Serviette als er mich bediente.

Natürlich überlegte ich lange ob ich ihn treffen sollte. Doch am Anfang hatte ich keine

Bedenken ihm zumindest mal zu schreiben. Unser Kontakt entwickelte sich schnell. Und Yves machte seine Absichten schnell deutlich. Mir gefiel die Art wie er mit mir redete und schrieb. Wie er versucht mit mir zu flirten, mich anzumachen. Es war ein schönes Gefühl so begehrt und umgarnt zu werden.

Und wie heißt es so schön- Gelegenheit macht Diebe, oder auch Seitensprünge. Frank besuchte mit seinen Kumpels ein Fußballspiel. Er war Fan von Hertha BSC Berlin. Mit seinen Freunden fuhr er oft zu Auswärtsspielen. Nach langem Zögern nutzte ich die Chance und verabredete mich mit Yves.

Wie ein kleines Mädchen schrieb ich mir aufgeregt SMS mit ihm. Ich war sehr nervös. Schließlich war ich mir die ganze Zeit über unsicher ob ich es wagen sollte oder nicht. Ich liebte Frank. Doch Yves war eine köstliche

Versuchung. Eine Versuchung aus 190 cm Schokolade, mit animalischer Ausstrahlung. Eine Versuchung der ich einfach nicht widerstehen konnte.

Yves lud mich zu sich nach Hause ein. Unsere Erwartungen aneinander hatten wir bereits vorher bei unseren SMS-Flirts geklärt. Er wusste dass ich vergeben war und hatte auch kein Interesse an eine Beziehung. Uns war beiden klar dass wir lediglich Sex haben würden. Das war es auch was den Reiz für uns ausmachte. Sex ohne Verpflichtung.

Und ich muss sagen dass der Sex mit Yves etwas ganz besonderes war. Er hatte eine Körperlichkeit wie ich sie weder vorher noch nachher genoss. Er war ein Bär von einem Mann, ausgestattet mit einem Schwanz wie ein Pferd. Bis heute weiß ich nicht wie alt Yves war, aber das war mir auch egal.

Aus unserem Treffen wurden mehrere Treffen. Aus mehreren Treffen wurde eine Affäre. Wenn auch nur für kurze Zeit. Ich ließ mir unzählige Notlügen einfallen um Yves zu Treffen. Und Franke glaubte sie mir. Er glaubte mir alles, denn er liebte mich.

Unsere Affäre dauerte ungefähr 4 Wochen lang. Wir trafen uns in dieser Zeit 11-mal zum Sex. Unsere Dates waren immer geil. Voller Leidenschaft, purer Sex, ohne Gefühle, nur Spaß. Doch wie die meisten Affären, so flog auch unsere Affäre auf.

Franks bester Freund Alex beobachtete Yves und mich rein zufällig. Eines Tages ging ich nach der Arbeit in den Burgerladen um mich mit meinem Schoko Hengst für Donnerstagabend zu verabreden. Frank hatte für diesen Donnerstag einen Termin in Leipzig eingeplant . Yves machte gerade eine

Zigarettenpause und wir redeten am Hintereingang. Alex sah uns aus dem Fenster eines angrenzenden Firmengebäudes. Er war Informatiker und betreute dort einen Kunden.

Alex sah wie ich Yves küsste. Doch die Zeit reichte nicht als das er ein Bild oder Video von uns hätte machen können. Aber er war überzeugt davon was er gesehen hatte. Er traute seinen eigenen Augen und er rief am selben Tag noch bei Frank an. Alex und Frank trafen sich noch Mittwochabend. Mir kam das schon merkwürdig vor. Die beiden trafen sich sonst nie unter der Woche. Und vor allem nicht ohne mich und Alex Freundin.

Ich bemerkte natürlich auch dass Franks Laune schlecht war als er wieder kam. Er war schlecht drauf, wütend, er verhielt sich merkwürdig. Frank ging gleich ins Bett. Ich schob das aber auf die schlechte Leistung seines Fußballvereins und maß dem nicht mehr Bedeutung bei.

Frank hatte am nächsten Morgen immer noch keine bessere Laune. Aber wie geplant fuhr er weg, zu seinem Termin. Zumindest dachte ich das. Am Abend traf ich mich dann wie verabredet mit Yves. Ich fuhr mit dem Auto zu ihm. Frank und Alex folgten mir unauffällig in Alex Auto. Ich bemerkte sie nicht.

Sie konnten sehen wo ich am Mietshaus klingelte. Yves wohnte mit zwei anderen Afrikanern zusammen im Erdgeschoss. Alex und Frank schlichen um das Haus um durch die Fenster zu schielen. Und sie konnten uns tatsächlich durch Yves Fenster sehen. Zumindest so halb, durch die Jalousie hindurch. Tim sah genau wie ich ihm fremdging.

Alex machte Bilder von mir und Yves um einen Beweis zu haben. Frank ging mit gebrochenen

Herzen nach Hause. Ich wusste noch nicht wie es um unsere Beziehung stand. Alex begleitete ihn.

Zusammen packten die beiden meine ganzen Sachen in der gemeinsamen Wohnung und stellten sie in einem Karton in den Keller. Kurz vor Mitternacht erreichte mich eine Sms. Ein Bild von mir und Yves war zu sehen. Dann folgte ein weiteres Bild meiner Sachen im Keller. Und die Nachricht *"es ist aus du Schlampe"*. Ich war geschockt. Das war nicht was ich wollte, ich wollte nur ein bisschen aufregenden Sex.

Yves erlaubte mir über Nacht bei ihm zu bleiben. Am nächsten Morgen fuhr ich zu unserer gemeinsamen Wohnung, ich dachte Frank wäre vielleicht zu Hause. Doch das war er nicht, er war an der Arbeit. In seinem Büro. Ich suchte ihn dort auf.

Frank war wütend als er mich sah. Am liebsten hätte er mich gleich wieder aus dem Büro geschmissen, doch das hätte für Gesprächsstoff unter seinen Kollegen geführt.

Ich: "Schatz, es tut mir unendlich leid dass du es so erfahren hast"!

Frank: "Das ich es so erfahren habe? Das du mich beschissen hast tut dir nicht mal Leid"!?

Ich: "So habe ich das nicht gemeint! Ich liebe dich"!

Frank: "Ich glaub dir kein Wort. Du bist ein billiges Flittchen! Ich hoffe das war´s wert".

Ich: "Schatz, bitte glaube mir. Ich wollte dich nicht verletzen. Yves bedeutet mir nichts"!

Frank: "Was für ein Name...... ist mir doch scheißegal"!

Ich: "Schatz, bitte! Gib mir noch eine Chance"!

Frank: "Paahh, ich bin doch nicht bescheuert. Bei der nächsten Gelegenheit fickst du wieder irgendeinen Penner".

Ich: "Nein, das werde ich nicht. Ich liebe dich"!

Frank: "Deine Worte klingen wie Gift".

Ich: "Was muss ich tun um es dir zu beweisen"?

Frank: "Das kannst du nicht".

Ich: "Ich würde alles für dich tun Baby! Alles damit du bei mir bleibst! Verlass mich nicht Honey"!

Frank fühlte sich nicht nur betrogen. Nicht nur allein sein Herz war gebrochen. Nein, auch andere Dinge. Zum Beispiel sein Stolz. Es machte ihn fertig dass ich ihn mit einem Typen betrog, der nichts zu bieten hatte. Auch sein

Selbstvertrauen hatte gelitten. Ein paar Leute hatten ihn damals vor mir gewarnt. Sie sagten ich hätte schon mal einen Mann betrogen und mich als Schlampe bezeichnet. Frank schmiedete einen perfiden Plan.

Frank: "Du willst das ich dir wieder vertraue"?

Ich: "Ja Baby, gib mir eine Chance"!

Frank: "Du musst dir mein Vertrauen erst wieder verdienen".

Ich: "Sag mir wie Schatzi, ich tue alles was du willst, wir kriegen das hin".

Frank: "Ich überlege mir was für heute Abend".

Ich: "Und was Baby"?

Frank: "Eine Art Bestrafung, ich weiß noch nicht genau".

Ich: "Bestrafung"?

Frank: "Ja. Ist das ein Problem für dich Flittchen"?

Ich: "Nein, Baby".

Frank: "Ich melde mich rechtzeitig".

Ich: "Ich liebe dich Baby"!

Frank: "Ich weiß".

Ich kam später auf die Arbeit. Mein Vorgesetzter machte mich dafür so rund dass ich ihm am liebsten eine geklatscht hätte. Aber das ging nicht, Paul war der Sohn des Chefs. Ein arroganter Kotzbrocken der sich gerne über andere stellte. Ich hasste ihn wie die Pest.

Den ganzen Tag wartete ich auf eine Nachricht von Frank. Doch es kam nichts. Ich zermarterte mir das Gehirn und überlegte warum das so lange dauern würde. Schließlich war um 17:00 Uhr Feierabend und ich machte mich auf den Heimweg.

Eine halbe Stunde später erhielt ich eine Nachricht von Frank. Er schrieb mir:

"Hallo Dunja. Du hast meinen Stolz und meine Ehre gebrochen. Mein Herz und das Vertrauen das ich zu dir hatte. Wenn du wirklich noch etwas für mich empfindest musst du etwas für mich tun....".

Im weiteren Verlauf der Sms forderte mich Frank dazu auf, mich wie eine billige Straßen-Nutte anzuziehen. Um Punkt 22:00 Uhr sollte ich mich in der Neuhausstraße- im alten Industriegebiet, unter eine bestimmte Laterne stellen. Frank schrieb, ich müsste mich mit einem sexuellen Abenteuer bei ihm entschuldigen. Und ich dachte, er meint ein einfaches Rollenspiel. Ich tat was er sagte.

Ich zog mir meine weißen Plateau-Stiefel an. Dazu einen kurzen Jeansrock. Ein weitmaschiges weißes, bauchfreies Netzshirt und darunter einen rosanen BH, passend zum String der aus meinem Rock hervorblitzte. Ich schminkte mich so wie Frank es wollte, schlampig, nuttig. Und es gefiel mir. Verruchte Smokey-Eyes und ein knallroter Lippenstift mit schwarzem Rand.

Aufgeregt fuhr ich ins alte Industriegebiet. In der Neuhausstraße ist schon lange nichts mehr los. Dieses Areal gleicht mehr einer Geisterstadt als einem Industriegebiet. Wie dem auch sei. Ich stand pünktlich unter der gewünschten Laterne, wie vereinbart. Genüsslich zog ich an meiner Zigarette und wartete auf Frank. Und auf das was er vorhatte.

Doch minutenlang schien nichts zu passieren. So stand ich da. Wie eine echte Hure.

Aufgestylt, rauchend, mit glitzernder Handtasche. Dann kam plötzlich ein kleiner Bus die Straße entlang gefahren. Das Scheinwerferlicht blendete mich.

Als der Bus stehen blieb, zog mir jemand von hinten einen Leinensack über den Kopf. Ein zweiter Mann hielt mich dabei fest. Und bis mir jemand den Mund zuhielt, schrie ich wie am Spieß. Mein Herz fühlte sich an als würde es gleich explodieren. Mein Puls raste so schnell das ich Angst hatte gleich in Ohnmacht zu fallen. Die Männer zogen mich in den Bus und fuhren los.

Lediglich ein Lachen und Kichern war zu hören. Aber keiner der Männer sagte einen Ton. Ich sprach immer wieder zu ihnen. Ich flehte sie an mich gehen zu lassen, fragte was los sei. Das Herz rutschte mir bis in die Schuhsohlen vor Angst und Ungewissheit. Sie banden mir mit

Kabelbindern die Hände hinter dem Rücken zusammen. Ich konnte mich kaum mehr rühren.

Dann plötzlich kam der Bus zum Stehen. Eifrige Hände packten meinen Körper und trugen mich aus dem Bus heraus. Ich hörte ein Tor aus Metall, ein Rolltor. Es öffnete sich und die Männer trugen mich in dieses Gebäude. Als nächstes landete ich ziemlich unsanft auf einem quietschenden Bettgestell.

Einer der Männer hielt mich mit zwei Armen fest. Ein weiterer zog mir den Sack vom Kopf. Mein Blick war gegen die Matratze gerichtet. Ich konnte nichts sehen. Doch sobald der Sack weg war, verband er mir die Augen mit einer Augenmaske.

Noch nie in meinem Leben war ich derart aufgewühlt. Ich wusste weder was auf mich zukommen würde, noch was überhaupt los war. Und plötzlich ertönte eine Stimme.

Frank: "Keine Angst Schatz. Ich bin's nur".

Ich: "Frank, was ist los? Was soll das"?

Frank: "Du hast gesagt du willst es wieder gutmachen. Stimmt doch"?

Ich: "Ja".

Frank: "Habe ein paar Jungs mitgebracht die dich so kennenlernen wollen wie ich dich kenne. Ist das ok Schatzi"?

Ich: "Du meinst, deine Kumpels wollen mich bumsen"?

Frank: "Ja, genau. Sie wollen es dir richtig besorgen. Du stehst doch auf guten ausdauernden Sex".

Ich: "Ja".

Ich spürte wie sich ein halbes Dutzend Männer Hände auf mich legten. Ihre rauen Finger glitten über meine Finger. Über meine Klamotten. Sie zerrten an mir und meiner Kleidung. Sie kniffen in meine Brüste und meinen Po.

Dann begannen die fremden Hände mir die Kleider vom Leib zu reißen. Ich hörte wie mein Netzshirt auseinander riss. Und ich spürte wie mir jemand den Rock auszog. Auch mein BH löste sich von meinem Körper.

Und je nackter ich wurde umso gieriger wurden die Hände. Sie kneteten jede Stelle meines Körpers. Mit festem Griff massierten sie meine Pobacken und meine Brüste. Ich hörte ihr erregtes Murmeln und das vorfreudige Raunen der Männer. Sie waren aufgeregt und geil. Geil darauf es mir zu besorgen.

"Ist die Schlampe eine Dreilochstute" - fragte einer der Männer. Ich kannte die Stimme. Es war Alex Stimme. *"Alex bist du das"* - fragte ich. Und Frank antwortete *"halt´s Maul du Fickschlitten"*. Die Situation erregte mich sehr und ich konnte es nicht verbergen. Ich wollte es auch gar nicht.

Eine Hand fuhr von hinten zwischen meine Beine. Sie versenkte ihren Mittelfinger tief in meine feuchte Spalte. *"Die ist ja schon richtig nass! Du kleines notgeiles Miststück"* - sagte eine Stimme. Auch diese Stimme kannte ich. Es war Paul, mein Vorgesetzter. Mein Herz begann zu flattern. Mir wurde ganz flau im Magen. Aber ich genoss seine Berührung. Und ich schämte mich ein wenig dafür.

Dann ergriff Frank das Wort, *"Hoch mit ihr. Knie dich hin Bitch"*. Ein paar der rauen Hände hoben mich hoch und führten mich zu meinem

Platz. Etwas neben dem Bett ging ich auf die Knie für Frank und seine Jungs. Mir war klar was nun folgen würde und bei aller Ungewissheit und Nervosität, ich freute mich darauf.

"Mach das Maul auf" - ertönte eine mir unbekannte Stimme. Doch ich tat es. Ich öffnete meinen Mund und machte mich dazu bereit einen unbekannten Schwanz zu empfangen. Eine dicke Eichel berührte meine willigen Lippen und schob sich gegen meine Zähne. Ich benetzte meine Lippen mit Speichel und öffnete meinen Mund immer weiter. Ich begann den Schwanz vor mir einzusaugen.

Er war groß und hart. Er bahnte sich seinen Weg in meinen Mund und versenkte sich tief in meinen Schlund. Immer wieder saugte ich sein hartes Glied ein. Bis der fremde Mann ihn herauszog. Dann schellte eine Ohrfeige laut auf meiner rechten Backe nieder. Ich erschrak, doch es erregte mich umso mehr.

Ein anderer Schwanz klopfte mir quer über das Gesicht und eine Stimme erklang, *"lutsch meinen Schwanz du Hure"*. Es war Paul, das wusste ich genau. Und wie es dieses Arschloch genoss es mich zu demütigen. Und wie wild es mich machte.

Ich nahm auch seinen Schwanz in meinen Mund. Er war von durchschnittlicher Größe, vielleicht war Paul deswegen immer so gemein. Weil er dachte sein Schwanz sei zu klein. Sein hartes Glied versenkte sich ein ums andere Mal zwischen meine Lippen. Es fühlte sich fantastisch an den Penis meines Vorgesetzten zu blasen. Und für ihn war es wohl noch aufregender.

"Oh ja du dreckige Schlampe! Darauf habe ich schon lange gewartet. Und ich wusste

schon immer das du mit meinem Schwanz im Mund enden würdest". Paul redete sich in Fahrt. Es machte ihm Spaß mich zu degradieren. Und ich wusste er würde das in Zukunft gegen mich benutzen.

Doch auch er zog seinen Schwanz wieder aus meinen Mund. Den nächsten Penis kannte ich ganz genau. Es war Franks bestes Stück. Ich lutschte ihn jeden Tag mindestens einmal. Es machte mir Spaß, doch für meine Pussy war er einfach zu klein.

Frank steckte mir seinen harten Phallus so tief in den Mund wie er konnte. Er drückte meinen Kopf fest gegen seinen Schoss und raubte mir die Luft damit. *"Mhhh, blas mir einen du Sau"* - stöhnte er mir von oben herab entgegen. Es passte gar nicht zu Frank. Sonst war er der Typ für Blümchensex. Es gefiel mir wie er mit mir redete.

Doch auch sein Schwanz verweilte nicht lange in meinem Mund. *"Steh auf du Flittchen und knie dich auf´s Bett"* - wies er mich an. Ich richtete mich auf und suchte blind das Bett. Zwei Hände schoben mich zurecht. Ich kniete auf allen Vieren mit den Händen am Fußende des Bettgestells. Ein neuer Pimmel klopfte an meinen Lippen an und ich hörte eine Stimme. *"Gibs zu du Fotze, du wolltest mir schon immer einen blasen, stimmts"?*

Es war eindeutig Alex. Doch ich antwortete ihm nicht. *"Komm schon, gibs zu. Wir wissen doch was du für Schlampe bist"* - erwiderte Frank. *"Schon gut, ich gebe es zu. Ich wollte dir schon immer mal die Flinte polieren"* - sagte ich darauf. Alex steckte mir recht harsch seinen Penis in den Mund. Sein Lümmel war groß und dick und füllte meinen Mund aus.

Meine Lippen umschlossen seinen festen Schaft. Ich fühlte jede seiner dicken Adern auf meinen weichen Lippen. Und ich erfreute mich an seinem harten Riemen der über meine Zunge glitt. Wie sein Prachtstück meinen Mund ausfüllte. Er war so groß und prall. So süß und lieblich und gleichzeitig so männlich und forsch.

Ich wurde geradezu neidisch auf Becky, Alex Freundin. Sie musste sehr glücklich sein mit einem so gut ausgestatteten Freund. Er würde seine Freundin wohl befriedigen können mit diesem Monsterteil. Im Gegensatz zu Frank.

Voller Freude, Leidenschaft und Hingabe lutschte ich Alex Schwanz. Und ich begann seinen Pimmel an zu himmeln und ihm zu schmeicheln. Ich weiß dass es Frank wichtig war mich heute zu demütigen, mir eine Lektion zu erteilen. Doch langsam drehte sich der

Spieß herum. Obwohl ich es nicht beabsichtigt hatte.

Frank hatte den kleinsten Schwanz in der Runde. Danach folgte Paul, hinter ihm der Fremde den ich nicht kannte. Den mit Abstand größten hatte Alex. *"Orrrhhh, dein Schwanz ist so geil! So ein riesiges, geiles Teil"* - stöhnte ich ihm zu. *"Mmmhh, ich weiß du stehst auf große Schwänze du feuchte Schlampe"* - erwiderte er.

Meine Zunge massierte und liebkoste seinen großen, harten Schaft. Genussvoll verwöhnte ich seinen Freudenspender. Alex stöhnte und keuchte. Und ich spürte ein hartes Glied das sich zwischen meinen Lippen ansetzte. *"Jetzt fick ich dich du dummes Stück"* - sagte Paul zu mir. Und er begann mich von hinten zu stoßen. Paul legte los wie die Feuerwehr. Er war schon immer scharf auf mich, seitdem er mich kennenlernte. Aber wir konnten uns nie leiden. Er scheiterte mit seinen großkotzigen Versuchen bei mir zu landen. Umso mehr genoss er es mich jetzt willenlos von hinten zu ficken.

Seine Stöße wurden immer heftiger während ich immer noch Alex Schwanz im Mund hatte. Ich lutschte an seinem Penis und machte mich daran das weiße Gold aus seinen Hoden zu stehlen. Paul und Alex stöhnten ihre Lust heraus. Und auch ich konnte sie nicht verbergen. *"Ohh ja fick mich wie ein Boss"* - schrie ich Paul entgegen. Und er antwortete mit immer heftiger werdenden Stößen. Sein Becken klatschte laut gegen meinen Hintern. Und mit einem lauten Schrei spritzte er mir seine Ladung in meine feuchte Pussy. Ich konnte genau spüren wie sich sein warmer Saft in mir verteilte.

Kaum hatte Paul seinen Höhepunkt erreicht, setzte der nächste Freudenspender an mir an. Es war der Fremde Mann. Sein Schwanz hatte eine ordentliche Größe. Aber er war etwas merkwürdig gebogen. Sein Schwanz erreichte Stellen in mir die zuvor niemand berührte. Seine Hände waren groß und rau. Sie packten fest an mein Becken und zogen es stets fest gegen seine mächtigen Stöße. Alex riss mir die Augenmaske vom Kopf.

"Ich will dir in die Augen sehen wenn du mir einen bläst du dumme, billige Bumsnudel" - sagte er zu mir. Mit Schmatzen und Murren verwöhnte ich seinen großen Lümmel und ich genoss es. Ich schenkte Alex Schwanz so viel Zärtlichkeit und Gefühl wie ich nur konnte. Wir sahen uns tief in die Augen.

Alex Atmung wurde flacher. Er verzog die Augenbrauen und stöhnte kontrolliert vor sich hin. Doch diese Kontrolle löste sich immer mehr. Und als ich während ich ihm den Schwanz polierte mit strenger Hand seine Hoden massierte, passierte es. Alex pumpte meinen Mund voll mit seinem Liebessaft. Er presste so viel Sperma aus seinen Glocken das es mir aus den Mundwinkeln lief. Er stöhnte laut auf und beschimpfte mich dabei als *"Hure"*. Und wir genossen beide seinen Orgasmus.

Ich blickte über die Schulter zurück. An der Seite neben mir stand Frank. Er massierte meinen Busen als mich der Fremde weiterhin von hinten nahm. Ich musste kurz überlegen, wer der Mann war. Dann fiel es mir ein. Ich habe ihn schon mal gesehen. Er hieß Ali und arbeitete im Dönerladen gegenüber unserem Mietshaus.

Ali hat Freude und Spaß mich zu ficken. Und das ließ er mich immer wieder wissen. Auch Ali degradierte mich gerne. Er beschimpfte mich als Nutte und Fotze. Und ich mochte es. Alis Schwanz drang immer wieder tief in meine Muschi ein. Er brachte mich zum Schreien und kreischen. Meine Lust entlud sich schlagartig und ich bekam einen intensiven Orgasmus. Mein Stöhnen war laut und schrill und brachte die Männer zum Lachen.

Ali fühlte sich herausgefordert. Auch er wollte in mir abspritzen. Immer wieder trieb er seine harte Fleischlanze in mein Innerstes. Wie ein Ostanatolischer Bulle bestieg er mich. Bis auch er zum Höhepunkt kam. Seine warme Sahne ergoss sich in meiner engen, gierigen Spalte. Ali lächelte und ließ einen Jubelschrei los.

Nun war Frank dran. Auch Frank wollte seinen Saft in mir entladen, mich besamen. Doch Frank wollte weder in meinem Mund, noch in meiner Pussy kommen. Er platzierte sich hinter meinem Po. Dann spürte ich wie Spucke von oben in meine Poritze lief. Er speichelte meine Pobacken voll und rieb damit seinen Schwanz ein.

Ich fühlte Franks Eichel an meinem süßen Zuckerstern. Mit zartem Druck drang er langsam mit seinem Penis in meinen After ein. Ich stöhnte auf vor Lust und Schmerz. Wenn Frank mich in den Po bumste war ich froh dass er keinen großen Schwanz hatte.

"Na wie fühlt sich das an du Schlampe? Fickt dich dein Neger auch in den Arsch" - fragte er mich. Und ich antwortete *"nein"*. Und das stimmte auch. Denn Yves Schwanz war mir dazu einfach viel zu groß.

Franks Penis drang tief in mein Hinterstübchen. Mein Anus legte sich eng um sein steifes Glied. Ich stöhnte und keuchte vor Lust. Der süße Schmerz erregte mich. Und Frank gab alles,

alles was er konnte. Auch wenn sein Schwanz klein war, er konnte schnell und fest zustoßen.

Während sich Paul, Alex und Ali wieder anzogen, hatten sie ihre Freude daran zuzusehen und Frank anzufeuern. Immer wieder schlug mir Frank mit der offenen Hand fest auf die Pobacken. Seine Beschimpfungen wurden immer lauter und krasser. Und es machte mich an.

Seine Hände griffen fest an meiner Hüfte. Dann packte eine seiner Hände in mein Haar und zog meinen Kopf zurück. Wie an Zügeln führte er mich und trieb mich vor sich her. Das Klatschen seines Beckens wurde immer lauter und schneller. Und ich genoss den harten Schwanz der sich immer wieder in mein Arschloch versenkte.

Frank stöhnte immer lauter. Voller Lust und Leidenschaft. Er war so wütend, erregt und bumste sich in Ekstase. Ich stöhnte mit ihm und feuerte ihn an. *"Fick mich Baby, fick mich wie ein Mann"* - keuchte ich ihm zu. Und er erwiderte *"ich pump dir den Arsch voll du notgeile Fotze"*.

Dann stöhnte er laut auf. Sein Lustschrei durchdrang den Raum und erfüllte mich mit Demut. Sein cremiges Geschenk schoss direkt in meinen Po. Ich fühlte mich wie eine süße Praline mit Extra-Füllung. Franks Schwanz zuckte unkontrolliert in meinem Anus und entlud jeden Tropfen aus seinen prallen Hoden.

Frank war zufrieden und zog sein Glied aus meinem Arsch. Wir sahen uns tief in die Augen. Und ich hatte das Gefühl das alles zwischen uns wieder in Ordnung war.

"Ich liebe dich Schatz" - sagte ich zu Frank. Und er erwiderte *"ich mach Schluss mit dir du dumm Fotze"*. Seine Worte verletzten mich.

Aber womöglich hatte ich diese Abfuhr verdient. Und womöglich sollte ich mich in Zukunft seinem besten Freund Alex zuwenden.

FSC
www.fsc.org
MIX
Papier | Fördert
gute Waldnutzung
FSC® C083411

Zeitfracht Medien GmbH
Ferdinand-Jühlke-Straße 7
99095 Erfurt, Deutschland
produktsicherheit@kolibri360.de